Live on Stage!

桜木シン
Sakuragi Shin

幻冬舎 MC

Live on Stage!

万雷の喝采を一身に受け、光のシャワーを浴び続ける者がいる。

それは僕ではないし、まして君でもない、もっと別の人。

その人は、両手を高々と掲げるとこうべと共に振り下ろす。辺りには紙吹雪が舞い、観客全員が椅子から立ち上がって手を打っている。

僕の夢。

けれど、夢はいつか覚めるもの。

もくじ

第一幕

やりたいこと

……ピッ！　ピピッ！

目覚まし時計のけたたましい旋律が耳を刺激し、鉛のように重い瞼を開ける。

「やっば……！」

時計の針は、予定よりも早く進んでおり、僕は思わず声を上げた。

アルバイトで日銭を稼ぎながら面接に出向く日々が、また始まる。

二〇一五年三月、いつもとさほど変わらない日常。

「一宮《いちみや》コウスケさん、ですね。ではまず、当社の志望動機をお願いします」

「はい、私は人の笑顔を見るのが好きで、誰かの笑顔を作る仕事に就きたいと思い、御社を志望いたしました」

　厳格そうな面接官だ。顔の彫りが深く、ムスッとした表情でこちらを見つめていた。

「もし入社したら、どのようなことを成し遂げたいですか？」

「困っている人に笑顔を分け与えられるような、そんな仕事をしたいです」

　面接官の表情が曇る。

「質問を変えましょう。あなたはこの会社に、何の利益を上げられますか？」

　言葉が出ない。何か話さないといけないのに、何も返すことができなかった。

「一宮さん、当社は保険会社です。慈善事業を行う団体とは違う。綺麗ごとは、会社に必要ありません」


　一駅先のビデオショップ、アルバイトの勤務先にて。

「一宮さぁん、困るんだよ。これでミス何回目？」

　アルバイトの先輩からのダメ出しである。

「はぁ……すいません」

「いったい何回間違えたら気が済むんだい！　こっちもね、困るんだよ！　アンタみたいのがいると！」

「……はぁ」


夕暮れ、路面電車を横目に自転車で走り抜ける。

「今日も……ダメダメだ」

仕事帰りの僕には、必ず立ち寄る場所がある。それは、こじんまりとした町の劇場だ。もちろん、警備員なんていない。いるのはたった一人、劇場の管理人さんだけ。

「大田さん、今日もいいですか？」

「あぁ、坊主か……物好きなもんだな」

口元に微かな笑みを浮かべながら、ホールの扉を開ける。ギィと音を立てて開かれた景色は、がらんとした客席とテープ跡だらけの舞台。僕は誰もいない席の中央に座って、目を閉じた。しんと静まり返った暗闇の中で、ある風景を思い起こすのが僕の日課だ。幼い日の記憶、それは今の状況とは真逆の色。誰もいない席が埋まり、多くの役者が舞台上で舞う。観客は演目が終わると次々に立ち上がり、割れんばかりの拍手を送る。だが、舞台上に僕の姿は無い。一番後ろの席から、その光景を眺めている。その物語を作った、脚本家として。

僕が目を開けると、いつも大田さんが舞台の掃除をしている。

「僕、ここで自分の脚本で舞台を作るのが夢なんですよ」

「はいはい、わかってるよ……何度聞いたことか。で？　面接は上手く行ったのか？」

「……ダメでした……」

「……そうかい」

返す言葉はぶっきらぼうだが、その声にはほんの少し、優しさの音が混じっていた。

自転車を押しつつシャッター街を歩いていると、一枚のポスターが僕の視界に入った。

『Went to Stage』

そこには、僕の憧れた舞台の名前があった。

「まだあったのか……」

ずっと覚えている、僕が初めて観た舞台。

街の人だけじゃない。聞いたこともないような遠い場所からも人が押し寄せた、伝説の演目。舞台上の役者、裏方、お客さんすらも一つになって、誰もが輝いていたあの光景。カーテンコールで握手してくれた役者たちの手の温もり、今でも鮮明に思い出せる。

あの時の感動が忘れられなくて、憧れて、目指して……

だけど、夢はいつか覚めるもの。学生の時に舞台の脚本を一本書いたきり、ペンを握ることすらしなくなっていた。

どうせ僕なんか……。

そう言って、帰路に戻ろうとした瞬間だった。

「コウ……くん？」

背中の方から、女性の声がした。

「……え？」

久しぶりに聞く声。

僕はその声に、思わず振り返った。

「ツバサ先輩……？」

ショートボブの茶色い髪に、青いワンピースを纏った女性。

記憶の中にいるブレザー姿とは違うが、同じツバサ先輩だ。

先輩と思しきその女性は、僕のそばに走ってくると僕の顔を確認する。

「あぁ……やっぱり、コウくんだ」

そう言うと、瞼に乗り切らないほどの涙を浮かべた。

僕には、何が起こっているのかわからなかった。

高校時代に世話になった先輩が、久しぶりに会うなり、僕の顔を見て泣き出したのだ。

啜り泣く先輩が目立ったのか、辺りから白い視線を感じる。

「と……とりあえず、一旦どこか移動しましょうか。いろいろ、話したいこともあるでしょうし……」

先輩は目元を手で押さえながら、小さく頷く。

ここでこのままの状況は、いろいろとまずい。

僕は先輩を連れて、あてもなく歩き出した。


気付くと空は赤らんでいた。

川のせせらぎが聞こえる、河川敷。

草の上に寝転ぶなんて、いつからしていなかっただろう。

お互いの口から言葉が発せられないまま、幾分と時間が過ぎていた。

何本目かの電車が通り過ぎて、先輩は口を開く。


「こうやって話すの……何年ぶりだっけ？」

僕は先輩の隣で、一緒に芝生の上に寝転がっていた。

「ざっと七年くらいです」

ツバサ先輩は、高校時代の演劇部の先輩。高校卒業後、町の劇団に所属したと聞いていたが、その後は知らなかったので、声をかけられた時は心底驚いた。

「懐かしい……今は何やってるの？」

「何って……ただのフリーターですよ。バイトで稼いでて、やっとって感じです」

「ふぅん……」

僕が草をいじりながら申し訳なさそうに言うと、先輩は星を見上げたまま、こうつぶやいた。

「私、コウくんの書く話が好きでさ……今でも思い出すんだよね。台本も取ってお いてあるんだよ？」

「そうっすか……」

僕は照れくさくなり、視線をそらす。すると先輩は横になったまま、こちらを向いた。

「……コウくんさ、今でも書きたいって思ってる？」

「……」

言葉が出なかった。思い出に蓋をしていた僕にとって、その言葉はあまりに重く、しかし輝いて聞こえた。思わず振り向くと、先輩は僕をじっと見つめていた。

「どう？　書きたい？」

その言葉は、期待と寂しさの混ざったような音がしていた。僕は、この人の言葉に乗ってもう一度夢を見るのも悪くない、そう思った。

「……わかんないです……自分が今、何をしたいのか」

先輩は少し悲し気な表情になってから、

「そっか」

と、一言返した。そして僕らは、同じ星を眺めた。


四畳半のボロアパート。朝に急いで飛び出したせいか、部屋はぐちゃぐちゃに散らかっていた。

僕は頭を抱えながらも、物を片付け始める。すると、一冊の台本が目に留まった。

「これも七年前……か」

無理を言って書かせてもらった、最初で最後の台本。

それを懐かしむこともせず、ゴミ箱に丸めて突っ込んだ。

「どうせ何を書いたって……」

……いい作品が書けるわけがない。缶やゴミが積まれたちゃぶ台を眺めながら、ベッドに横になった。


翌朝のこと。

「あのねぇ。君、今日から来なくていいよ」

「へ？」

バイト先の店長から、クビの宣告があった。

出勤して早々、出会いがしらの一言であった。

「じゃ、そういうことだから」

「いやいや、そんなの言ってなかったじゃないですか」

「前々から言ってたよ。もう決まったことだから」

店長がパソコンに顔を向ける。

「これは俺の見解だけどね……君、この仕事に向いてないよ」

店長にはそれだけ言われて、事務室を追い出されてしまった。

「ええ……」


河川敷に通りかかった時、聞きなじみのある声がした。

歌に乗ったその声は、僕を知らず知らずのうちに発生源へと向かわせた。

「先輩の声……」

「ん？　あぁ、お疲れさま」

僕は、先輩の声にワンテンポ遅れて返事した。

「ごめんね、変なの聞かせちゃって……って、おぉい？　どうした？」

先輩は少し恥ずかし気な顔をするも、すぐに僕の異変に気が付いた。僕の頬には、うっすらと滴るものがあった。僕にはそれが何であるか、見当がつかなかった。だが、僕はいてもたってもいられなくなり、こみ上げてくる『書きたい』という欲望を一つたりとも逃すまいと、持っていた手帳に筆を走らせた。

「これ！　一回、今の歌のまんまでいいので、その感じで読んでもらっていいですか！」

先輩に不躾に突きつけた僕の走り書きを、先輩の声は形に起こしていった。心の底から書きたいと思うほどに、先輩の声は艶やかで、そして美しかった。綺麗という言葉で取り繕うにはあまりに明媚で、僕と先輩の二人だけが現実というフイルムから切り出されたような、冷たいものが入る隙間のない彩りだけが支配した時間が流れた。

僕は、この激情が動くままに一心不乱に筆を走らせる。先輩は差し込まれる僕の原稿に合わせて、時に声で、時に振りを付けて表現してくれた。

このままの時間が延々と続いてしまえばいい。それほどまでに今、物語を描くことが楽しかった。

まるでテニスのラリーのように続いた問答も終わり、僕らは芝生に倒れ込んだ。

大の大人が二人、子供のようにじゃれ合って息も絶え絶えになっている。二人して汗だくで同じ空を見上げている。その状況が、どうにもおかしくて、自然と笑えてきた。疲れて指の一本も動かせないような感覚に陥ったが、僕の心は久々に満たされていた。

何年ぶりだろう、あんなにも世界が澄んで聞こえたのは。

錯覚だとか、幻ではなく、本当に聞こえたのだ。物語に眠る音……感情や環境音。そのバックグラウンドさえも聞き取れるような、物語に染め上がった世界。一瞬の雑念さえない空間だった。瞳を閉じれば今でも目の前にある、風にそよぐ草の音色、悠々とした言の葉、そしてそのすべてが、霧の湖に響く朝露のように澄み渡っている。

これが、純粋な〝楽しい〟という感情なのだ。僕は記憶の底にあったそれを、ようやく理解した。

「先輩」

「ん？」

「僕、久々に書きたいかもです。本」

「……そっか」

見上げた空には、赤い薄布がゆっくりと敷かれていった。

そこからの僕は、タガが外れたように書き始めた。

一心不乱とは、こういうことなのだろう。

あの瞬間の興奮を忘れたくない。その思い一つで。

何枚も、何枚も、何枚も。

ペンを握って書き上げた。

そして僕は、いくつもの劇団に電話をかけた。

当然のごとく断られ続けたが、一カ所だけ読むだけならと引き受けてもらえた稽古場があった。

僕は、藁にもすがる思いで頭を下げた。

そこが、先輩の所属する劇団とは知らずに。


数日後、空は曇っていた。

「何度言ったらわかる！　あんたの書く本は、物語になってないんだよ！」

稽古場に怒号が響く。辺りには、散乱した原稿用紙。

「人物像があやふや！　起きている事件もチグハグ！　こんなのじゃ、観客が感情移入できるわけがない！」

主宰が机を思いきり叩く。僕は必死に弁解をしようとしたが、主宰の吊り上がった目に気圧され、言葉が出なかった。今すぐにでもこの場から去りたくて、必死に散らばった原稿をかき集める。しかし、主宰は僕の手首をむんずと掴むと、持っていた原稿を取り上げ、丸めてゴミ箱へ投げ入れた。

「こんな紙切れは拾い集める価値もない。君は荷物を持って帰れ」

そう吐き捨てると、主宰は僕になんか目もくれず、レッスンを始めようと号令をかける。ヒソヒソと陰口を叩かれ、後ろ指をさされていることを感じた僕は、涙ににじんだ目を擦り、かばんを抱えて稽古場を後にした。

「コウくん……」

先輩が声をかけてくれたにもかかわらず、僕は振り向くこともできなかった。

ここから僕には、鮮明な記憶がない。ただがむしゃらに、街の中を走っていたらしい。気づけば僕は、いつもの河原に寝転んでいた。僕は、僕の中にとぐろを巻いた気持ちをどうにかしたくて、自分のことを責めた。必死になって書いていた自分のことをバカにした。この前のとは違う自分のことを嘲る邪悪な笑い方をしてみた。でも、心から降ってくる雨は、どうしようもなく芝生に落ちていった。

「少しは楽になった？　コウくん」

「先輩……？」

声のする方にゆっくりと振り向くと、缶のコーヒーを二本持った先輩が立っていた。

「放っておいてください……僕は先輩が思ってるような文才はなかったんです」

先輩は何も言わず、僕の隣に座った。

「何もなかったんです！　無駄だったんですよ！　筆を握ったことも……書いたことも……夢を見続けたことも！」

風になびく草の音がする。

「だからもう……放っておいてくださいよ。一人にしてください……僕を……」

「言いたいのって、それだけ？」

立ち上がった先輩は、おもむろに僕の腕を握りしめた。

「ちょっと付き合って」


「劇……場？」

先輩が大田さんに目くばせをすると、そのまま鍵を開けてくれた。

「お疲れさん。隣、いいか？」

大田さんが僕の隣の席に腰掛ける。僕は戸惑いながらも、首を縦に振る。すると、ステージの中央にスポットライトが射す。

『何のために踊るのか。何のためにその手を取るのか。今一度考えてみろ！　己の悲しみ、苦しみ、怒りさえ力となせ！』

先輩の手には、くしゃくしゃになった原稿用紙。それに、裏からでもわかるくらいびっしりと赤いペンで演出のト書きが書かれていた。

「嬢ちゃんも、相当な物好きだな」

「え？」

「あの子はな、強い子だ。自分が背負わなきゃいけねぇモンを、よく知っている。舞台ってのは、裏方がいないと始まらない。照明がいて、衣装スタッフがいて、大道具がいて、小道具がいて、黒子がいて、それで初めて役者ってのは輝ける。その中には、もちろん脚本家も」

先輩は、僕の書いたシワだらけの原稿を一枚、また一枚とめくり、しっかりと声に出していった。

「役者が舞台に上がってできることなんて、せいぜいキャラクターになりきることくらい。でも、それだけのことで、関わった全員の頑張りを無駄にしちまう……役者ってのは、不安なんだよ。そいつに道を示してやれるのは、ずっと寄り添ってやれるのは、脚本家の書く言葉だけ」

特別な衣装も、ステージ上の大道具も、派手なライトすらない舞台の上で、先輩はただ、僕の書いた原稿を演じていく。

『恥も外聞も捨て、ただ信じた物を貫く。それが役者だ！　それが表現者だ！　力を持たぬからこそ、苦しみ、足掻き、迷う！　だががむしゃらに駆け抜けたその先は、澄んだ湖のほとりが待っている！』

「ふぅ……」

すべてのセリフを終えた先輩は、舞台を降りて僕の方へと歩いてくる。

「いえ……あの……」

先輩の顔が見れない。

目をそらしていると、大田さんが僕の肩を叩く。

「坊主、嬢ちゃんがなんでここに連れてきたかわかるか?」

行動はわかる。僕の台本を、僕自身に見せるためだろう。ただ……

「なんで……」

先輩は、無理して気丈に振る舞っていたようで、ふと俯くと、僕の胸に顔をうずめてきた。

「これから言うことは……ただの独り言。私がコウくんの胸借りて、勝手に言ってるだけ。返事、いらないから」

声はいつものように明るかったが、震えていた。

「私さ……前も言ったけど、コウくんの書く話が好きなの。コウくんの言葉が、大好きなの。この本も、ゴミ箱から勝手に持ってきちゃった」

僕が先輩の震える肩を持とうとした瞬間、先輩が声を上げた。

「悔しいよ！　私……みんなの前で怒鳴られて、裏でバカにされて……それで、コウくんまで自暴自棄になってさ！　……悔しいよ」

「先輩……」

先輩は、そのまま座り込んでしまった。

「私……見たいよ。ここがいっぱいになって、みんなが笑顔で舞台を観てる……そんな光景が……もっと私に夢を見せてよ……一緒に夢を見ようよ……」

それは、僕を動かすのには十分な言葉だった。僕はゆっくりと膝をつき、先輩の肩を抱き寄せる。小さく震える先輩の肩。頬には大粒の涙がとめどなく流れていた。

僕は先輩を引き寄せたまま、静かに口を開く。

「書きます……もう一度」

先輩は顔を上げなかった。涙でできた小さな水たまりには、ぼんやりとライトが反射していた。

どれほどの時間が経ったのだろう。先輩の震えは止まり、涙も乾いていた。

「ありがとうございます、大田さん。今日は、無理言って開けてもらって」

僕はいてもたってもいられずに、頭を下げた。

「すみませんでした！　勝手に落ち込んで、先輩にまで八つ当たりして……」

「いいよ別に。私も、勝手に怒っただけだし」

「いや……でも……」

すると先輩は、僕の方を向き直って、笑顔でこう言った。

「もう一回聞くね。コウくん、今でも書きたい？」

僕を見据える視線に、かつては出なかった言葉を返す。

「……書きたいです。先輩の夢に応えられるような、そんな脚本」


夕焼けの道を歩く僕と、その一歩半くらい前を行く先輩。

「先輩、その……ありがとうございました」

「だからいいって。コウくんが、また書く気になってくれただけで、十分」

先輩がおもむろに足を止める。

「また書いたらさ、私、やらせてもらってもいいかな」

「先輩……」

先輩の方を向くと、以前と変わらない、満面の笑みを浮かべていた。

「夢、見せてくれるんでしょ？　楽しみにしてる！」

第二幕

ほしいもの

セミの声が聞こえてくる昼下がり、じりじりと照り付ける太陽を横目に、僕は原稿用紙と睨み合っていた。

「どうして……こうも上手くいかないんだろう」

ため息にしては、ずいぶんと息の量が多い。

ペンを握ったはいいが、構想すらまともに出てこなかった。

「夢を見せるための……か」

本棚に目をやる。ああして啖呵を切ったものの、実際書くとなると、壁がより大きく感じていた。

ぐりゅるるる……

腹が音を立てる。立ち上がって冷蔵庫を開けるが、酒の缶しか入っていない。

今一度ため息を吐いた僕は、財布を握り家を出た。

外は蒸し暑く、嫌に生ぬるい風が肌をなでる。じっとりと汗をにじませながら、僕はコンビニへ向かった。

「あ、コウくん！」

コンビニに入ろうとした時、不意に後ろから声をかけられる。振り返ると、先輩がバッグを肩から下げ、小さく手を振っていた。

「先輩。どうしたんですか？」

「別に？　散歩してたら、いるなぁって」

そうは言っているものの、先輩の額にはうっすらと汗がにじんでいた。きっと走ってきたのだろう。息も切れている。

「コウくんも買い物？」

「ええまあ、そんなとこです」

「じゃあ一緒に行こ！　いいアイスあったら教えてね！」

そう言って先輩は僕の腕を引く。まるで子供のようで、僕は自然と笑みがこぼれた。

「いやぁ暑いねぇ！　もうすっかり夏って感じ！」

コンビニに入った僕たちは、クーラーの風にあたっていた。先輩は涼しいなぁと言いながらお菓子コーナーへ向かうと、アイスの棚を物色し始める。

「コウくん！　これ！　新作だって！」

無邪気に笑う先輩を見ていると、演劇部を思い出す。


夕日に照らされる教室。そこには高校生の先輩と僕。

「ここ！　今度は違うニュアンスで言ってみようよ！」

「またですか？　先輩……これでリテイク二十回目ですよ？」

「アイデアが湧き出てくるんだもの。それに、楽しくない？　キャラがその場にいる！　……そんな感じがしてさ」

歯を見せるほどニカッと笑った先輩は、芝居を心から楽しんでいる、そんな表情をしていた。

僕は、そんな先輩の背中を、ずっと追いかけていたかったのかもしれない。

だから僕は……


「先輩、僕これとこれで」

「え？　新作食べなくていいの？」

僕はカゴに二つのアイスを入れて、会計を済ませた。店を出ると先輩はさっそく袋を開けて口に咥える。

「〜〜〜っ！」

冷たさにこめかみを押さえ悶絶する先輩を横目に、僕もアイスを頬張る。

「つめたっ……」

それは自分の物とは思えない、裏返った声が出た。

「え？　今のコウくん？」

そう言いながら僕の顔を覗き込む先輩。

僕は恥ずかしくなり、立ち上がって歩き出す。

「へぇ……へぇ〜」

棒アイスにかぶりつきながら、先輩は僕の後ろを歩いていた。

「先輩だって、頭押さえてたじゃないですか。それも十分かわいいトコですよ」

……ん？　僕は今、なんと？

かわいい？　先輩を？

口走ったことを自分で理解するのに、少し時間がかかった。

僕は恐る恐る先輩の方を振り向く。

「かわいい……かわいいかぁ……」

少し赤くなった先輩の顔だったが、僕の言葉でさらに赤みを増す。

「……照れてます？」

「うっさい！　おバカ！」

先輩の顔は、ますます真っ赤になっていく。それはまるで、夏の暑さを体現しているようで。僕は笑った。先輩も、つられて笑う。

気づくと、いつもの河川敷にいた。

「ねぇ、コウくん」

「はい？」

先輩は急に立ち止まると、じっと僕を見つめる。そして静かに口を開いた。

「私ね……本気で俳優を目指そうと思ってるの」

「そうですか」

「その……私のこととかで迷惑かけるかもしれないし……嫌なら……」

僕は階段に座り込む先輩の前に顔を持っていき、先輩の目を見つめる。

「僕が嫌なんて言うと思います？」

「……え？」

「迷惑なんて言ったら怒りますよ。先輩の夢なんだから、僕にも応援させてくださいよ。それに先輩、言いましたよね。僕の見せる夢、楽しみにしてるって」

僕は先輩に手を差し伸べる。

「だから、また一緒に頑張りましょ」

「……ありがとう、コウくん」

そこには、高校時代と変わらない、歯を見せながら笑う先輩がいた。

……あぁ、やっぱり。

これだから、僕はこの人から目が離せないんだ。

これだから、僕はこの人を意識してしまうんだ。

これだから、僕はこの人のことが、好きなんだ。

先輩は僕の手を取り立ち上がる。そのまま、僕たちはしばらく見つめあっていた。先輩の目はどこまでも蒼く透き通っていた。僕はその瞳に吸い込まれるように顔を近づける。そして……

額にだけキスをした。

「今日はこれで、勘弁してください」

僕は気恥ずかしくて、顔をそらす。

先輩は、目をぱちくりさせて固まっていた。

「あ……あの……そのぉ……」

僕も先輩も、顔を真っ赤にして互いを見つめ合った。

「なっ、なんでもないです！　行きましょう、先輩！」

僕はいてもたってもいられなくなり、先輩に背を向けた。

顔が熱い。さっきまでうるさかったセミの声が、心臓の鼓動にかき消されて、ほとんど聞こえない。

「あっ……その、私……」

そんな僕に、先輩は何かを告げようとするが、なかなか言葉が出てこないようだった。しばらく間を置いた後、先輩は僕の背中に抱き着いてくる。

「え？　ちょっ……」

突然の出来事に振り返ると、そこには耳まで真っ赤にして目を潤ませた先輩の顔があった。

「先輩？　熱いんで、一旦離れてもらえると……」

「……んし」

「え？」

「禁止。その……先輩って呼び方」

先輩はそう言うと、コンビニの袋を掴み一目散に走り去っていく。僕はただ、それを見送ることしかできなかった。

気づけば日も落ちかけており、僕は家路を急いでいた。途中コンビニで晩飯を買うと、気持ち早歩きで家に向かう。ここからアパートまではそう遠くないが、今は兎にも角にも、早く帰りたかった。

「やっぱアレ、怒ってるのかな……怒ってるだろうなぁ……」

アパートに着き、自室の扉を開ける。

「あ……」

中は、飛び出した時のまま。飲み干した酒の缶や、くしゃくしゃに丸めた原稿用紙が散乱していた。

「……結局、一文字も書けなかった」

それに……頭の中に触り心地の悪いものがへばりついている感覚。

とりあえず僕は、ベッドの上にあるものをすべて片付け、眠りについた。


数日経ったある日。

突然の豪雨で、道が冠水するほどだった。

「あぁもう、ぐっしょぐしょ……どうすんだこれ」

僕はやっとの思いでアパートにたどり着き、上着に付いた雨水をはたき落としていた。すると僕の郵便ポストに封筒が一通挟まっているのを発見する。それには、家賃延滞の請求書が入っていた。

「カネなぁ……」

最後の頼みだったアルバイト先もクビになり、貯金も底をついていた。延滞した家賃を一括で払えるほどの余裕はなかった。

携帯電話の着信音が鳴る。

知らない番号だったが、声を聞いただけで、誰からの着信なのかわかった。

ぶっきらぼうだが、ほんの少し優しさの音が混じった声が電話口から聞こえてきた。

「よお、元気か」

「大田さん！　以前は、どうも。何かありましたか？」

「何もなかったから心配になって電話かけたんだろうが」

電話の向こうで、大きなため息が聞こえる。

「坊主、今どこだ？」

「どこって……僕の家ですけど」

「ちょっと待ってろ、すぐ行く」

そして電話は切れた。

「来るって……この雨の中？」

五分ほど経ったころだろうか、向こうの三叉路に車のライトが見えたかと思うと、一台の四駆が目の前に停まる。中には、大田さんが乗っていた。

「乗りな」

「つくづく……敵わないですね、大田さん」

僕は言われるがままに乗り込む。車内は芳香剤の香りがした。

大田さんはゆっくりとアクセルを踏み、車は豪雨の道を走り出した。

「あの……どこに向かってるんですか？」

「坊主。お前さん、金に困ってんだろ」

僕は、その問いに答えられなかった。

「ここに来るまでに、少しお前さんの身辺を調べた。今は貯金もなくなって、家賃も払えねぇってとこか」

「調べたって……どうやって」

「あそこの大家、俺の知り合いなんだ。間違っちゃないだろ？」

僕は小さくうなずく。大田さんの言葉は続く。

「お前に仕事をやろうと思ってな」

「……あらかたの職種は手を付けましたけど、どれもダメでしたよ？」

「いや、坊主に最適な仕事だ」

大田さんはそう言って、僕に一通の封筒を渡す。その中には、求人募集の切り抜きが入っていた。

「知り合いがこれ持って来たんだ。アンタのところにいい奴いないかってな」

僕は大田さんに推薦されたことが嬉しくて、自然と笑顔になっていた。

「詳しいことは向こうの連中が説明する。とりあえず、着くまで寝とけ」

僕は疲れていたのもあり、そのまま助手席で目を閉じた。

第三幕

きづくこと

「着いたぞ坊主。ここだ」

大田さんが僕の肩を揺する。目が覚めると、雨は止んでいた。

「どこなんです？　ここ」

「見てわかるだろ。山だよ」

窓の外は明るくなっており、明らかにアスファルトやコンクリートがない。

「いやまぁ、わかりますけど……」

「とっとと降りろ。人を待たせてる」

四駆から降りた僕の目に入ってきたのは、のどかな田園風景の中にポツンと建つ木の柱にトタンを張り合わせただけのこじんまりとした小屋だった。

「ここが……」

啞然とする僕の目の前を風だけが通り抜けていく。すると、明らかにここを根城にしているであろう男の人が顔を出した。

「あなたですか！　すみません、ろくに歓迎の用意もできてなくて。古代ギリシヤの時代から賢者というのは経済や文化から離れて己を高めるといいます。日本という国の体制上、放置されていたここは、最高の隠れ家なんです」

つぎはぎのつなぎを着たその人が握手を求めた。

「図像学者の藍原です。よろしくです」

「藍原、俺は炊き出しの方に行ってくる。坊主のこと、頼むぞ」

大田さんは僕の肩を強めに叩くと、小道の方へと進んでいった。

「まずは案内しないとですよね。えぇと、どこから行こうか……」

藍原さんが考えていると、扉の奥から無精ひげの男性と長髪の若者が顔をのぞかせた。

「そいつか？　おっちゃんが寄越す新入りってのは」

「こ～れ、いきなりメンバー出揃っちゃった感じっすかね？」

「一宮です。よろしくお願いします」

無精ひげの男性はハンチング帽をかぶりながら身を乗り出す。

「アンタ、専門は？」

「舞台の脚本を少々……」

「戯曲作家っすよ！　すごいじゃないっすか！」

長髪の青年が目をキラキラと輝かせて僕を見つめた。

「こちらは小説家の広瀬先生と、ひょろっちいのが佐久間くん」

「言いぐさ酷すぎないっすか？」

すかさず突っ込む佐久間くんへ広瀬さんが声をかぶせた。

「こいつはガキんちょってだけ覚えときゃいい」

「叔父貴、オレもうガキって歳じゃないんすけど」

「お前はまだ四分の一人前だ。扱いなんざガキんちょで十分だ」

佐久間さんがすねたようにそっぽを向く。

「へいへい、オレはまだ作品も作ったこともない小説家気取りですよぉだ」

完全にいじけてしまった佐久間くんは部屋の中に戻っていった。

「見てのとおりの偏屈な集まりだが、よろしくな。ええっとぉ」

「一宮さん」

「わーってる……よろしくな、イシニヤ！」

広瀬さんがあまりに堂々と名前を間違えるものだから、僕と藍原さんは顔を見合わせて笑ってしまった。


日没が近かったこともあり、持っていた荷物を案内された部屋に置いて居間に戻ると、そこには台所で食器を洗っている二人の姿があった。

「僕らの仕事は御用聞き、いわゆる何でも屋です」

「え？　先生は小説家じゃ」

「子供の小遣いせびりみたいですが、何かを作るにも元手が必要ですからね。世知辛い話ですが、空いた時間で自分たちのものを作っているって形です」

ふと、後ろのちゃぶ台に置いてある原稿用紙が気になった。

「こちらは?」

水場で顔をすすいでいた先生がこちらを向く。

「あぁ、それは俺のだ。置きっぱなしにしてたんだなぁ」

先生は、そそくさとそれを片付けようとするが、僕はそれを遮った。

「あの……それ、見せてもらっても構いませんか?」

「ああ、別にいいが……」

先生が原稿を手渡す。

「書いてて違和感がぬぐえなくてな……どうにも上手いことといかん」

「みんなで見せ合ったりしてるんすよ。でも、叔父貴の言う違和感がどうにも見えなくって」

佐久間くんも口をはさんでくる。

僕は藍原さんに一つ、質問をした。

「監修は、皆さんでやられているんですか？」

「毎回そうです。これに関しても……何かありました？」

「ええ、ざっと目を通しただけですが……ここ、『申し上げさせていただきます』これだと敬語が重なっていて逆に不敬と取られてしまいます。それと、ここのセリフ回し。言っている言葉のわりに、未練たらたらって感じがします。僕なら……こうします」

僕は、読んでいて違和感を覚えたところを次々と列挙していった。

気づくと、横には先生と佐久間くんも覗き込んでいた。僕は慌てて先生に頭を下げた。

「すみません！　いろいろずけずけと言ってしまって……」

「いえ、これは逸材ですよ……」

「いやぁ、俺も途中から聞いてたけどよ……モヤっとしてた場所が晴れたよ……」

先生と佐久間くん、それに藍原さんも、僕の直した文章を凝視して感嘆の声を漏らしていた。そして、試しにこれも見てくれるかと辞書ほどの分厚さをした量の原稿を僕に見せてきた。僕は妙に嬉しくなり、一晩中その原稿に向き合った。

日差しと共に聞こえる小鳥の声。

目を覚ますと、ちゃぶ台を囲むような形で佐久間くんと藍原さんが眠っていた。きっと酒をあおって盛り上がり、そのまま全員が寝落ちた形なのだろう。

少し涼しく感じながら外へ出ると、先生が大量の野菜が入った段ボールを抱えていた。

「起きたか。ちょっと手ぇ貸してくれ」

「どうしたんですか？　そんな大量に」

「農家やってるやつから貰ってよ。まだまだあるんだ」

僕は先生の抱えていた野菜を半分貰い、後をついていった。

「ほれ、お前も」

僕は先生につられて、ニンジンを手に取り、すすぎ始めた。

しばらく野菜を洗っていると、先生が唐突に口を開く。

「イシミヤ、一つ聞いてもいいか？」

「一宮です。何ですか？」

先生がジャガイモを擦る手を止める。

「お前、なんで作家になろうって思ってんだ？」

僕もニンジンを持ったまま少し固まった。

「少し、長めにしゃべらせてもらってもいいですか？」

「おう、それが聞きたくて聞いたんだから」

僕はザルにニンジンを置いて、また蛇口をひねった。

「僕、高校で演劇部に入ってまして、当時オリジナルの舞台をやろうってなっていたのですが誰も演目の案を出そうとしなかったんですよ。そんな時に白羽の矢が立ったのが僕だったんです。幸い学生時代は本を読んでばかりいたもんで、アイデアには困らなかったんです」

僕は思い出しながら話していたが、だんだんと申し訳なくなってきた。

「だから、その……その時は、なぁなぁというか、成り行きみたいなものでして」

先生がもう一度、口を開く。

「最初は誰しもそんなもんだ。じゃあ、今お前が文章を書いている明確な理由ってのは、なんだ？」

「明確な理由……ですか」

一つ深呼吸を入れてから、また口を開く。

「わかりません。少なくとも、僕の中にはないです。でも……」

僕は先生の方を向き、言葉を続ける。

「約束した人がいるんです。最高の夢を見せるって……その人との約束のために、ペンを握れるんです」

先生は何かを察したように微笑んで、僕の肩を叩いた。

「そうか……お前はいい作家になるよ」

後ろの方で襖が開く音がした。振り返ると佐久間くんが寝そべりながら顔を出していた。

「……何の話してるんすか？」

「ガキにはわかんねぇ話だ。顔洗ってこい」

そんなのってねぇよなぁ、と愚痴を漏らしながら、佐久間くんは洗面台の方へ向かう。

僕は笑いながら先生と一緒に野菜を洗い続けた。


その夜。

「休憩にしましょう」

ちゃぶ台で自分の原稿を見つめなおす僕に、藍原さんが冷たいお茶を出してくれた。

「眠れませんか」

「ええ、いろいろと」

藍原さんが僕の隣に座る。

「わかります。私も自分の作品のことを思うと、心配になって眠れなくなる時がありますから」

「いえ、僕はそういうんじゃなくて」

口を開こうとした僕を遮るように、外からエンジンの音が聞こえる。

出てみると、大田さんの四駆が止まっていた。

「よお、坊主。渡したいモンと、見せたいモンがある」

「大田さん……」

大田さんは四駆から降りると、助手席の扉も開いた。

「先輩……」

降りてきたのは、つなぎの作業着を着た先輩だった。

「どうしてここに……」

先輩は俯いたまま、一言も発しなかった。

「あぁ……嬢ちゃんが連れていけと騒ぐもんでな。連れてきた」

「急ですね……いやでも！　レッスン！　ほら、レッスンとかもどうするんですか」

先輩は、ぼそっとつぶやく。

「……やめたよ、あんなトコ」

「やめたって、劇団を？　……どうしてですか？　あんなに芝居が好きって言ってたのに」

先輩は急に僕の方へ距離を詰め、平手打ちをした。

「コウくんの書いた本じゃないと意味ないの！　また勝手に一人で突っ走って！」

先輩は僕に抱き着き話した。

「置いていかないでよ……バカ」

アルコールの鼻をつんざく匂いが僕を襲う。

僕は先輩をどうすることもできず、大田さんや藍原さんに助けを求めて視線を送る。

しかし、二人とも手を出せず、お手上げ状態だった。

「とりあえず、先輩。中に入りましょうか。ね？」

中に入ると、先輩は渡された毛布にくるまり、ぐっすりと寝てしまった。

「本当に、すごい剣幕だった。俺の顔を見るなり、お前のところに連れていけ、としか言わなかったんだぞ」

「先輩……」

大田さんは、一つため息を吐いてから、僕に封筒を手渡す。

「……なんです？　これ」

「お前に渡したかったモンだ」

僕は、その封筒を受け取ろうとする。僕の手が触れる寸前、大田さんはそれを持ち上げた。

「今すぐ開けるんじゃねえぞ。こいつは、お前が腹を決めた時のために取っておくんだ」

僕にはその言葉の意味はわからなかったが、とにかく受け取り、手帳に挟んだ。


翌朝。

「本当にすみませんでした！」

先輩が藍原さんに対して頭を下げていた。

そして僕はというと……

「はぁぁ、ビンタされたにしては、また赤く腫れたなぁ」

佐久間くんの治療を受けていた。

「ちょっとしみるぞ」

僕が痛がっている横で、大田さんが座った。

「嬢ちゃん、だいぶ酔ってたからなぁ。車の中でさえ、泣きじゃくってたんだから」

「言わないでくださいよ！　あの時はだいぶ回ってて～！」

とても失礼なのかもしれないが、あんなにも情けない先輩の顔は初めて見た。

先生が襖の向こうからやってくる。

「で、おっちゃん。その嬢ちゃんはどうすんだ？」

先輩が一歩前に出る。

「ここで働かせてください！　お願いします！」

「……って、ことらしい」

先輩がすごい勢いで頭を下げるものだから、先生も驚いて少し固まった。

「構わねぇが……ここは出入りが簡単じゃないし、住み込みだし……ほら、ここには……野郎しかいないぞ？」

「でも……お願いします！」

「これ以上住める部屋もないしなぁ……」

佐久間くんが、手を挙げる。

「だったら作っちゃいましょうよ！　新しい家！」

湯呑を傾けていた僕は仰天してむせる。

「えぇ？」

先輩はキラキラした眼差しで佐久間くんの方を見る。

「そんなことってできるんですか？」

するとと、藍原さんがすっくと立ち上がった。

「妙案だな、ちょうど作りたいと思っていた図面があるんですよ」

先生が膝を叩き立ち上がる。

「わかった、決まりだな。ここは俺の私有地だ。好き勝手に使ってくれて構わん」

大田さんも立ち上がり、玄関の方へ歩いていく。

「なら資材は車で持ってくる。いる物あったらメモにでも書いてくれ」

と、とんとん拍子で話が進んでいく。

子供のようにキャッキャとはしゃぐ先輩を横目に、僕はあっけにとられて何も口をはさめなかった。

佐久間くんが、僕の肩を叩く。

「まぁ任せときなって」


その日の夕方にはトタンと木版を打ち付けた掘っ建て小屋が完成していた。

「本当に完成しちゃったよ……」

僕は本当に出来上がってしまったあばら家の玄関に立って、唖然としていた。

「おぉい、ニシジマ！　手ぇ貸してくれ！」

先生が手招きしている。佐久間くんが僕の肩を叩き、小屋の中へ入った。

「佐久間くん」

振り向いた彼に、僕は頭を下げた。

「なんだよ」

「ありがとう、先輩のわがままに付き合ってくれて」

するとと彼はきょとんとした表情を見せた。

「お？　おう。一宮の知り合いだろ？　なら歓迎するぜ。それに……」

僕が首を傾げると、彼は歯を出して笑った。

「すげぇだろ、ここの人たち」

僕は、佐久間くんの見せた笑顔につられて少し顔が緩んだ。

「うん、すごいよ」

佐久間くんが部屋の奥に入ろうとした。

「あ、それと」

「どうした？」

「目の下、ススが付いてクマみたいになってる」

佐久間くんは軍手の親指で目の下を擦る。

「お？　おう！」

ススが付いていることが確認できたのか、彼は僕に親指を上げて、そのまま先生の元へ向かった。

「なんか、可愛いな、佐久間くん」

「そう思います？」

僕は驚いた。視界の外から藍原さんの声が聞こえたからだ。

「彼は彼なりに全力なんです。ただ自分のやりたいことを、純粋に楽しむこと。私たちが自然と忘れてしまうことです。見習わなきゃ……ですね」

藍原さんは、ふふっと笑いながら部屋の奥に入っていく。僕は彼に続いて小屋の奥へと足を踏み入れた。

第四幕

そこにあるもの

時は過ぎ、五人での生活にも慣れが出てきた。

週初めには先生がしこたま野菜を持ってきて、それを少しずつ食べて崩していく。バラックだらけの集落みたいな場所から、欲しいものを買いに佐久間くんの車で向かう。そして、大田さんがやってくるのは日曜日。

そのルーティンを繰り返し、生活していた。

休みの日には、子供たちに市販の小説や先生の本の読み聞かせをしてやった。先生は、こっぱずかしいと乗り気ではなかったが、子供たちと触れ合っていくうちに、これもこれもと児童小説を書くようになった。

先輩も近所の人たちとすっかり仲良くなり、洗濯や料理を教わっていた。

そうして過ごしていくうちに、次第に金が貯まっていった。

僕は大工を呼び、仕事場の近くに家を建てた。

完成した日は、ちょうど雪が舞っていた。


僕の建てた家に集まって、新築祝いの宴会が行われていた。

「もう、叔父貴。飲みすぎっすよ」

「バカやろう！　こんな時に飲まないで、いつ飲むってんだ」

佐久間くんが先生の隣でお猪口を傾ける。

いつも通り、先生はだいぶ出来上がっている様子だった。

「地元から離されて、よくここまでやれてますよ」

「藍原、お前いちいち言葉にトゲがあるんだよ。それじゃまるで、俺が無理くり連れてきたみたいな言いぐさじゃないか」

大田さんが藍原さんの肩を叩くが、あっけらかんとしている様子を見て次第に笑いが起きていた。

四人に先輩がお酌する。

藍原さんが注がれたそれに一口つけると、僕の方を見て、怪訝な顔で言った。

「しかし、本当によかったんですか？　自分の舞台を作るって言っていたのに」

「ええ。ここを離れるのが嫌になっていた自分がいまして。ならもういっそ、ここに住んでしまえ、と」

僕がそう言った瞬間だった。今まで笑って飲んでいた大田さんが立ち上がり、玄関の方へ足を向けた。

「どうしたんすか？」

「ん？　ちょっとな」

指を立ててタバコのジェスチャーをしながら、靴を履く大田さん。

台所で食器を洗っている先輩の肩を叩くと、とぼとぼと外へ出ていった。

しばらく飲んでいたが、大田さんの携帯電話が震えているのを部屋の端に見つけた。

「これ、どうしましょうか」

「タバコなら、作業場の方じゃないか？」

席を立とうとする先生を押し切り、僕は届けに向かった。

作業場は電気すらついておらず、いつものにぎやかな雰囲気は感じなかった。

「大田さぁん、電話来てますよぉ」

部屋を回ってみたが、それらしい人の気配はない。

僕は、作業場の玄関に戻ってきていた。

「どこ行ったんだろう……ん？」

俯き、ため息を吐くと、草むらに伸びる、明らかに人が踏み入った獣道があった。

僕は恐る恐るそこを進んでいく。

少し開けた場所に出ると、蔦が全面を覆っている納屋があった。

ご丁寧に扉の部分だけ蔓が切られている。

扉は重く、ぎしぎしと音を立てて開いた。

「わぁ……」

中を見ると、机や椅子が無造作に積まれていた。

壁に付いていたスイッチを押す。すると、一つのデスクだけライトがついた。

僕はそのデスクに近づく。その上には、新聞の切り抜きが何枚も置いてあった。見間違えない。どれも『Went to Stage』の千秋楽について書かれたものだった。

僕は床に落ちていた写真を拾い上げ、埃をはたいて見てみた。間違いなく、あの劇場だ。そこには劇場の入口で肩を組んだ劇団員たちが写っていた。その中心には、まだ若いが見慣れた人がいた。

「大田さん？」

僕は慌てて切り抜きの方を見る。インタビューの記事に、こう書かれていた。

『本劇団長、大田茂』

僕は目を疑った。あの大田さんが、夢の舞台の主宰だったのだ。情報に耐え切れず後ずさりをする。

扉が開き、大田さんが立っていた。僕はいてもたってもいられなくなって、口を開いた。

「これ……大田さんですよね」

「家に戻れ」

ぶっきらぼうな声の中に、いつもの優しさを感じなかった。

「なんで、教えてくれなかったんですか」

「ここはお前さんがいていい場所じゃない」

「どうして！」

僕の腕を掴んだ大田さんに、僕は声を荒げた。

「どうして何も話してくれなかったんですか！　どうして、役者やめちゃったんですか！」

大田さんの手が僕の胸ぐらを掴む。持ってきた携帯電話が手から転がり落ちた。

「俺らはな……捨てられたんだよ」

大田さんは僕を投げ捨てると、引き出しの中から一冊の本を取り出す。

デスクの上に叩きつけたページには、劇団員の不祥事のことが書かれていた。

「よくあるゴシップネタだ。だが当時の俺らの中に、そんなバカな真似する奴は一人としていなかった。でっち上げられたんだ。ありもしない筋書きを勝手に組まれて、そいつを俺らに押し付けた」

　大田さんは奥の方にかかっていたカーテンを開く。そこには、無数の切り抜きが打ち付けられたコルクボードが置かれていた。

「そこから、筋書きの継ぎ足しが始まった。あいつが何した、こいつがどうしたと……世間の印象は、俺らを不良グループだと決めつけた」

　大田さんの肩が震える。

「ほとぼりが冷めるまで、形を潜めるしかなかった。いざ帰ってきたら、俺らの居場所は、なくなっていた。みんな俺らを白い目で見放したんだ」

　背中越しからでも、大田さんの怒りと寂しさが手に取るようにわかる。

「一人、また一人とやめていったよ。みんな病んじまって、自分で首を括ったやつだっていた。俺は、そんなやつらを後ろ指を立てて笑っている連中が許せなかった。俺は、残ったやつらを連れて夜逃げした」

　黙って聞いているしかなかった僕は、ようやく口を開く。

「じゃあ、この町の人たちって……」

「全員、俺の劇団の元団員だ」

　僕は絶句した。

「見つかっちゃったな、団長」

　振り返ると、先生が立っていた。

「これぱっかりは、しょうがねぇよ。後は俺から話す」

　先生が口を開く。

「雨の中、ありったけ車を飛ばして、ガソリンも切れて、そんで行き着いた場所がここだった。前から住んでた人たちは、俺たちの事情も聞かず、無償でかくまってくれた。みんな逝っちまったけどな。そこから、ここが俺らの隠れ家になった。俺はもともと劇団の役者だった。藍原は大道具、農家のおっちゃんは音響卓をいじってた。そしてガキんちょは、この隠れ家で初めて産まれた子供だ」

　先生は、先ほど僕が拾い上げた写真を手に取る。

「この劇場も、競売にかけられてたのを買い戻したんだ。この人がどうしてもって言うんでな」

大田さんは肩を落としたまま、椅子に座る。

「俺には、ここのやつらを守る義務がある。だが劇場も、栄光も捨てられなかった。どちらかを選べなかった」

「だから、どっちもを取ろうとして、劇場に身を隠しながら時々俺らに会いに来るようになった」

先生が、大田さんの言葉に覆いかぶさるように口をはさむ。

「二十年の間で初めてだった。この人が外から人を連れてくるなんて。それだけ、この人を惚れさせたってことだろうと、俺たちは受け取った」

「大田さん……」

大田さんは、俯く。

「すまん、坊主。俺はお前さんが思ってるほど、まっとうな人間じゃない」

大田さんは席を立ち、町の方へ帰ろうとする。

「待ってくださいよ。まだ話は終わって……」

「いいや、話は終わりだ。そろそろ帰らねぇと、みんな心配すんだろ」

大田さんに寄ろうとする僕を、先生が止める。

とぼとぼと帰っていく大田さんの背中を見ながら、僕は膝から崩れ落ちる。

「いろいろとごめんな。そういうことなんだわ」

先生が出ていこうとした時だった。

僕の目の前がもうろうとしだし、その場で横になってしまった。倒れ込んだ土の冷たさを頬に感じながら、僕は目を閉じた。

頭に響く罵声。今まで僕が経験してきたことだ。
『一宮さぁん、困るんだよ。これでミス何回目？』
『あのねぇ。君、今日から来なくていいよ』
『君の書く本は、物語になってないんだよ！』
『綺麗ごとは、会社に必要ありません』
『こんな紙切れは拾い集める価値もない』
『こっちもね、困るんだよ！　アンタみたいのがいると！』
頭が痛い。内側から木槌のようなもので思い切り打たれるような痛みが、僕を襲う。
視界が歪み、何度も、何度も、罵声だけが吐き捨てられる。
声を上げながら、僕は飛び起きた。
昨夜の宴会が嘘のように片付いた居間。そこに敷かれた布団の上に、僕は寝ていた。
外からは太陽光が射し込み、小鳥の声が聞こえている。
縁側に座っていた先輩が、こちらに気づく。
「大丈夫？　随分うなされてたけど」

「夢？　あぁ、夢……なんですかね」

上体を起こしただけで目の前がくらむほど、僕の心臓は激しく脈打っていた。

「そうか……夢、なんですね……そうか」

息を切らし、ため息を吐く僕を異様に感じたのか、先輩は僕の前に座ってこちらを見据える。

「昨日、何があったの？」

あれを話していいのだろうか、いや、きっとダメだ。大田さんは僕だから話してくれたんだ。

「何もないですよ。ちょっと酔いが回っちゃっただけで……」

黙ったまま、じっとこちらを見据えられるだけの時間に、僕は耐えきれなかった。

「先輩？　何を……」

先輩は少し俯き、僕の手を掴む。

「私のこと、まだ先輩って呼ぶの？」

「え？」

先輩は僕の手を、先輩の額に当てる。

「ここにキスしてくれた時も、私がここに来た時も、それからずっと……コウくん、先輩ってしか呼ばないから」

僕はいたたまれなくなり、先輩に背を向ける。

「僕にとっては、先輩は先輩のままですよ。バカな夢を応援してくれる人です」

背中越しに、先輩の声がする。

「それって、コウくんの本心？」

僕の背中に先輩が寄りかかる。

「私は、もうちょっとコウくんを近くで見ていたい」

僕はすっくと立ち上がり、先輩の顔を見れずに襖を開ける。

「わかりました……でも、もう少し時間をください」

居間から外に出た僕は、一直線に作業場へと向かった。

「よお、一宮！　昨日は大丈夫だったか？」

「酔いが回って倒れられたそうですけど、気をつけてくださいね」

藍原さんと佐久間くんが声をかけてくれたが、僕は軽い会釈だけして、自分の持ち場へと歩いた。

二人は小走りで抜き去る僕を見て、首を傾げていた。

昨日の納屋、大田さんとこの町の関係、そして、先輩のこと。

僕の頭の中はとっ散らかって、足の踏み場もないような状況だった。

「根を詰めすぎですよ。一宮さん」

声の方を振り向くと、藍原さんが二つのマグカップを持って立っていた。

「藍原さん……ありがとうございます。でも大丈夫ですから」

藍原さんはため息を吐いてから、僕の机に寄る。

「休むのも仕事のうちです。それに、作家業なんて自分との闘いなんですから、しっかり英気を養わないと」

拒む僕を横目に、机の上に置かれたマグカップ。僕は申し訳なさそうに口をつける。

「……甘い」

「ホットココアです。頭を使う時は糖分が必須ですからね。とびきり甘いのを用意しました」

僕の内側から一気に緊張がほぐれる。すると、僕の瞼から一粒、涙がこぼれた。

「ど、どうしました？　甘すぎました？」

「いえ……大丈夫です。ありがとうございます」

溢れ出てくる涙を、藍原さんがティッシュペーパーで押さえてくれる。それに、このホットココアも。その優しさが、とにかく嬉しかった。

僕は、困惑する藍原さんを隣にして、ひたすらに涙を流した。


僕は、大田さんや先生が言っていたことを、藍原さんにすべて話した。

藍原さんは相槌を打ちながら、ただ静かに聞いてくれた。

「なるほど……どおりで」

「はい……頭の中がごちゃごちゃしていて」

藍原さんは鼻で息を吐くと、ゆっくりと口を開いた。

「大田さんが言っていたのは、すべて事実です。ですが、私たちが半年の間に積み上げたものは、嘘じゃない。そうでしょう？」

僕は強く、首を縦に振った。

「しかし、大田さんも先生も酷なことをする。そんな一遍に飲み込める情報量じゃないでしょうに……先生の方には、私から言っておきます」

立ち上がろうとする藍原さんを、僕は呼び止める。

「あの！　……もう一つ、相談があるのですが」

第五幕

やるべきこと

「ツバサさんが気になる……ですか」

「僕にも上手く言えないですが……はい」

藍原さんは少し間を置き、こう続けた。

「それは……恋愛相談では？」

「まぁ……ええ……そういうこと、なんですかね」

男二人がちゃぶ台を挟んでするような話題ではないのは、僕にでもわかる。

藍原さんはポリポリとうなじを掻きながら、口を開く。

「……で、ツバサさんは一宮さんを意識している節があって、一宮さん自身も今の状況をどうにかしたい……ということですか？」

「ええ……ある一件以来、せん……ツバサさんの距離が近い気がして」

僕は腕をさすったり、頭を掻いたりを繰り返しながら、答えを考える。

「一つ聞きますが……一宮さんは、どうしたいんですか？」

藍原さんに問いただされる。

「正直言うと……どうしたらいいのかわからないんですよ。今の関係を続けたい気持ちもあるし、もっと近づきたいとも思っている……ただ」

「ただ？」

僕は一度深呼吸をして、言葉を続けた。

「ただ、踏ん切りが付いてないだけなんです。もう十分ツバサさんから貰っている立場の僕が、もっと望んでいいものか」

藍原さんは鼻で笑うと、コツンと僕の額を指で叩く。

「もう答え出てるじゃないですか」

「へ？」

優しい顔をした藍原さんが覗き込むものだから、思わず腑抜けた声が出た。

立ち上がる藍原さんは、僕の腕を引っ張り、作業場の外まで連れてきた。

「私から言えるのは、覚悟を持ちなさい……ってことくらいですかね」

「そうですか……」

「そぉら、行った行った」

藍原さんに背中を押され、追い出された形になった僕は、家まで走った。

「さぁてと、先生！　一宮さん、午後は休ませますよ！」

「わかった。お前も大変だな」

「主に先生たちの後処理ですけどね。どうして私はこういう役回りばかりなんでしょうか」

藍原さんは踵を返し、ゆらゆらと先生の方へ近づく。顔をすすいでいて見えてなかったからか、先生が気づいたころには、背後で拳を握り鳴らす藍原さんがいた。

「一宮さんを泣かせた落とし前、するべきじゃないですか？」

にこやかな表情の藍原さん。しかし、目は据わっており、いつもの優しさはそこになかった。

「ちょっと待ってくれよ！　俺はあいつが知っておいた方がいいと思って」

佐久間くんが開いた襖から顔をのぞかせる。

「お、おいガキんちょ！　藍原を止めろって！」

「すんません、叔父貴。今回ばかりは堪忍してくだせぇ」

「一旦落ち着けって！　それに、あれを言い出したのは大田のおっちゃんで……」

「それとこれとは、話が別でしょうが！」

先生の悲鳴が作業場に響く。見上げた空は、どこまでも続く快晴だった。


僕は、息を切らしながら家へ走っていた。

先輩なら確実に、家の中にいるはずだ。何故そう思えたのかわからないが、僕の頭はその考えで支配されていた。

深呼吸をする。そして、勢いよく襖を開けた。

案の定、先輩は居間に座っており、呆けた顔をして空を眺めていた。

先輩は僕に気づき、こちらに振り向く。

「コウくん？　作業場に行ったんじゃ……」

僕は靴を脱ぎ捨て、先輩の目の前に正座した。

「先輩、ごめんなさい」

畳の香りが強く感じられるほど、深く頭を下げる。

「どうして謝るの？　コウくん、何も悪いことしてないじゃん」

「僕は！」

頭を下げたまま、先輩の言葉を遮るように声を張り上げる。

「……先輩に夢を見せると言っておきながら、先輩を置いて逃げました。……先輩の心を掻き乱し、大変な心配をかけました。……追いかけてきてくれた先輩に、真正面から向き合おうともしませんでした。本当に、すみませんでした」

先輩はゆっくりとうなずきながら聞いていた。

「僕は、先輩との約束を守れるような男じゃないです。だから先輩は、自分のやりたいことをやってください。こんな奴なんかのためじゃなく、先輩のために生きてください」

何を言っているんだ僕は。言いたいのは、そういうことではない。言葉を口から出すごとに、自分が情けなく感じ、気づくと、目の前には大粒の涙で湿ったシミが出来ていた。

言い終わるとほぼ同時に、僕の頭が抱き寄せられた。

「え？」

突然のことに戸惑いながらも、後頭部から聞こえる先輩の声に耳を傾ける。

「ねえ、コウくん」

いつもより少し低めで、いつもより元気がなく、いつもより優しい声。

「言ったじゃん。私はコウくんの本で舞台に立ちたいの。コウくんの書く物語が大好きなの」

小鳥の声も、そよぐ草木の音も、もう聞こえない。それほどまでに先輩の声がはっきりとしている。

「だから、私は私のためにコウくんのそばにいたいの。私が、コウくんにそばにいてほしいの」

ゆっくりと、先輩の声が遠のいていく。僕が頭を上げると、先輩はどこか儚げな笑顔を浮かべた。

「どう？　私の気持ち、わかった？」

「……はい……はい」

僕は目を瞑り、先輩を抱きしめた。先輩の温もりが、先ほどより近くに感じた。声を出して泣く。そんなことは、いつぶりだろうか。決壊した涙腺はとどまるところを知らず、一粒、また一粒と頬をつたって落ちていく。

先輩は、そんな僕の頭を優しく撫でた。

「ごめんなさい……ごめんなさい……」

「大丈夫。大丈夫だよ」

僕は先輩に抱擁されながら、泣き続けた。先輩の腕に抱かれていると、情けないなんて感情も忘れさせてもらえるような気がした。

「落ち着いた？」

「ええ、ありがとうございます」

先輩はポリポリと赤くなった頬を掻く。

「えっと……私は思ったこと言ったんだけど」

僕はすぐ理解し、正座になおる。

「僕も……もっと先輩と一緒にいたいです……ので、よろしくお願いします」

だんだんと窄んでいく僕の声。

「……そういうことで、いいの？」

「そういうことです」

しばしの沈黙が流れる。互いに赤面して目をそらしていたが、ふと顔を見合わせた瞬間、耐え切れなくなって笑い出した。

「ハハ……アハハハハ！」

「ハハハ……あぁあ、何やってんだろうね私たち」

先輩は僕の手を握りながら言う。

「コウくん。約束」

「なんですか？」

先輩は大きく息を吸い込み、こう告げた。

「私たちの舞台、何があっても成功させよう！」

僕は大きくうなずく。

すると、玄関の方から、何かが崩れる音がした。

「皆さん……何してるんですか？」

そこには団子状に倒れている藍原さん、佐久間くん、そして簀《す》巻きにされた先生がいた。

「ニシミヤ、これは……だな」

「佐久間くんが立案者でして……」

「ちょっと待ってくださいよ！　二人ともノリノリだったじゃないっすか！」

僕は、見られていた恥ずかしさだとか怒りだとか、そういったものは感じなかった。

ただ、その状況が面白くて、また笑い出した。

ひとしきり笑った後に、ふと手帳を取り出す。

「この封筒……腹を決めた時に開けろって」

僕は封筒を開ける。中には、かなりの額が書かれた小切手と手紙が入っていた。

その手紙を読んだ後、僕は作業場へと走った。

『俺たちにできなかった、お前の夢を掴め』


作業場の引き出しを、ひとしきり漁る。

三人と先輩が追いかけて来た。僕は息も絶え絶えに、先生に言った。

「先生、皆さん……もう一回、舞台を作る気ありますか？」

「一宮さん……」

「僕、あの人のこと見返さないと気が済まなくなってきました」

引き出しの中には、劇場の貸出申請書が入っていた。

僕の言葉に、三人は顔を合わせる。そして、同時に笑い声を発した。

「いいぜ、やってやりましょうや！」

「私も付き合いますよ。責任は取ってもらわないと」

「これだからガキんちょどもは……わかったよ！　やりゃいいんだろ、やりゃあ！」

僕は先輩の方を向く。先輩も僕の目を見つめ返しながらうなずいた。

「コウくん、いい顔してる」

「約束、守りますから」

「うん、私も手伝う。一緒に、でしょ？」

僕にも笑顔がうつる。

「はい！」

断章

たどりついたばしょ

俺は、ここにいるべきじゃないのかもしれない。
そう思ったのは、とある週刊誌に取り上げられたすぐ後だった。

ここにいちゃいけない。それだけの思いで、車を走らせる。
夜中の山道、灯りなんてものはない。雨で道がぬかるみ、車体がガタガタと揺れる。
そんな道を、四台の車を連れて。ただ道なりに走らせる。
気づくとそこは、廃れた小さな町の中だった。
「お前さんたち、いったいどうしたってんだい？」
町の人だろうか、窓の外で声が聞こえる。

疲れ果てていた体を起こし、ドアを開けようとする。

しかし、ドアノブに手をかけた瞬間に意識が途切れ、土の上に倒れ伏してしまった。


木目の天井、電球が頭上で揺れている。

額に置かれていた濡れタオルを手に取り、体を起こす。

辺りに目をやると、連れてきた団員たちに毛布が掛けられ、横たわっている。

囲炉裏に炭をくべる老婆に声をかけた。

「こいつらは……あんたが運んでくれたのか」

老婆は振り向かず、ゆっくりと火を鉢に移す。

「あたしだけでできると思うかい。住人総出で運んだよ」

「え？」

火鉢を部屋の隅にずらし、手を擦る。

「誰も起きないんじゃないかって、肝冷やしたよ」

俺の中からぐちゃぐちゃした感情が溢れ出した。

「あんたバカか？　見ず知らずの、しかも十人近くの人間を助けるなんて……」

老婆は振り返り、シワだらけになった顔をこちらに向ける。

「そのバカがいたから、今のお前さんが生きてるんだろう」

俺はその言葉に、喋れなくなった。

老婆に背を向け、毛布にくるまりうずくまった。

「あんたら若いのが生きてくれんなら、あたしらはバカで十分さね」

老婆はそう言い終わると、部屋を立ち去った。

俺は老婆に向けて言い放った言葉を恥じた。

なんで俺は、助けてもらっておきながら、よくもあんな言葉を出せたものだ。

毛布の裾は少し湿り、風の吹き抜ける音が、静かな部屋に響いていた。


目を覚ますと、外は朝だった。

昨夜の大嵐が嘘のように、晴れ渡っていた。

部屋を見渡すが、誰もいない。

皆に掛けられていた毛布が畳まれて置かれている。

するとと急に襖が開き、入ってきた広瀬が俺の前に座った。

「団長、すみませんでした」

広瀬は俺に、深々と頭を下げる。

「団長が強引にでも車飛ばしてくれたのって、ゴシップすっぱ抜かれた俺らを守るためだったんすよね……だから、ここまで引っ張ってくれたんですよね」

聞き終えた時、俺は広瀬のことを睨み据えていた。

何より大切な団員に頭を下げさせた己に対し、どうにも我慢ならなかった。

「いいか広瀬……俺がやったのは、単なる心中だ。俺の身勝手にテメェらを巻き込んだ。ただの迷惑モンだ」

それだけのことを、したかもしれないんだと、己に言い聞かせるように。己自身に暗示をかける呪いのように言った。

立ち上がり外に出ようとする俺の腕を、広瀬は掴んだ。

「それでも……俺らが生きてられるのは、団長のおかげです」

広瀬の必死な声に、俺は振り向くことができなかった。

俺は腕を振り払い、外へ出た。

すると団員たちが、町の老人たちに協力していた。

そこには、昨夜の老婆の姿もあった。

俺には、そこに声をかけることもできなかった。

いつかの舞台準備を見ているようで。いつかの慌ただしさを見ているようで。

もう一度、あの景色を見たい。そう思ってしまった。

俺の中で、何かが壊れた。

車に戻った俺は、広瀬の制止も振り切り、かつての劇場へ向かっていた。


俺たちが逃げて、何日も経っていた。望みは薄かった。

「一身上の都合により、閉館いたします……」

そう書かれた張り紙一枚を遺して、扉は固く閉ざされていた。

奥に人の気配はない。完全に無人となっていた。

遠くから大勢の足音が聞こえる。

「いたぞ！　あいつだ！」

スーツ姿の大人たちが、各々マイクやカメラを持って押し寄せてくる。

俺は恐怖のあまり、その場から逃げ出した。

駐車場に戻ろうとするが、すでに待ち構えられている。

もうどうすることもできなかった。

その時だった。植木の奥が少し光る。

俺は必死に手を伸ばした。

「鍵……もしかして！」

俺は一縷の望みをかけ、楽屋入口の方へ走った。

ドアノブに差し込んだ鍵は、俺に従順だった。

曲がり角には、スーツの大人たち。俺は開いた扉の中に飛び込んだ。

鍵を閉め、バリケードを作り、一番奥の楽屋の隅にうずくまる。

外からは、扉を叩き俺を問い詰めるたくさんの叫び声が聞こえる。

「早く……早くいなくなってくれ……」

しばらくすると外の騒々しさは静まり、しんとした静寂が来た。

恐る恐る外を見る。人の気配はない。

深々と、舞台に向かって頭を下げる。何があったって、この舞台だけは潰させちゃいけない。そんな感覚に支配された。

俺の携帯が鳴る。電話口からは、広瀬の声が聞こえた。

「団長！　今どこにいます！　ラジオで見つかったって……」

疲れのあまり聞き取れなかったが、広瀬だとわかった時、俺の考えは一つになった。

劇場と団員、どちらも捨てられない。

「おい広瀬、俺ぁやっぱり迷惑モンかもしれねぇ」

「え？」

「これからその町がお前らの居場所だ。絶対に、こっちに来るんじゃねぇぞ」

そう言い終わると、俺は話しかけてくる広瀬を無視して、電話を切った。

そして、廊下の柱に、もたれかかった。

あれから二十回目の夏がやってきた。最高気温が三十五度を超える猛暑日が続き、テレビでは熱中症対策を呼びかけている。

俺は、坊主を突き放したあの日を境に、町に戻ってない。一宮の坊主には申し訳ないが、顔を合わせるのが心苦しく感じるようになってしまった。

劇場には、誰一人として来ていない。また独りだ。

正面の扉には、立ち退きを要請する張り紙がしてあった。あの時と同じだ。

俺は、まだ何も知らなかった坊主や嬢ちゃんを、己の身勝手な事情だけで巻き込んだ。因果応報と言うべきか。

特に坊主だ。汚い金を握らせて、俺の夢も預けて、あいつらと同じく小さな町に閉じ込めちまった。

俺がずっと目を背けてきた現実が、眼前に広がっていた。

その時だった。駐車場の方から、ものすごい急ブレーキの音がした。

俺は慌てて駐車場に向かう。そこには、信じがたいものがあった。

「イテテ……おいガキんちょ、運転荒すぎだぞ」

「しょうがないでしょ、荒れ道なんだから。大田さんの四駆だから無事だったんですよ？　こんな自家用車じゃ、そりゃこうなりますって」

佐久間と広瀬だ。

「お前ら……どうして」

後部座席から藍原が顔を出す。

「彼に頼まれまして。準備が整ったものですから」

後部座席の扉が開く。中から一宮の坊主が出てきた。手にはジュラルミンケースと劇場貸出の申請書類が握られていた。

「この劇場、ちょっとお借りしますね」

俺は目の前に突き付けられた申請書を受け取る。だが、何が起こっているのか、まったくもって理解できなかった。

「大田さん、これにハンコ貰っていいですか」

坊主は朱肉の蓋を開け、俺に差し出す。

「なんで戻ってきた……」

俺は思わず言葉を漏らす。すると坊主は、何も包み隠さずに答えた。

「あなたが託してくれたからですよ。僕なりの方法で、舞台を作ります」

「話聞いてなかったのか！　俺はまっとうな人間じゃない！　そんな奴から貰ったもんなんて」

坊主が胸ぐらを掴む。あの夜とは、まったく逆の立場になった。

「だからこそですよ！　僕だってまっとうに生きてきたわけじゃない。捨てられた作家の一人です！」

坊主の口元が、ニヒルに笑う。

「これなら、まっとうじゃない奴同士、対等じゃないですか？」

ああ……わかったよ。そこまで言うのなら。

「やって見せろ！　四日間だ……四日間だけ貸してやる。それでダメなら、お前はペンを折れ！」

「ありがとうございます！」

坊主の書類に印鑑を押すと、走って劇場の中に入っていった。

最終章

いるべきところ

僕らは、大田さんの許可が下りた瞬間から、舞台の準備を始めた。

建て込みが終わるのは、あっという間だった。ビラ配りも徹底して行った。どこにだって頭を下げた。

そして初演の当日、劇場には多くの人が押し寄せた。


ようこそ皆さん！　本日はお集まりいただき、誠にありがとうございます！

今回、皆様にお見せいたしますのは、一人の男と、それに付き従った者たちのお話。

それでも、わたしはここにいる！　そう叫び続けた男の話！

題名は、そう

『ライブ　オン　ステージ！』

超満員の大喝采。鳴り止まない拍手の音。それが聞こえているあいだ、僕は座席の後ろで震えていた。すると、大田さんが席を立ち、外に出た。

「どこ行くんですか」

「見たくもないさ、あんなもの」

「あの題材を選んだのは、僕じゃないです。僕は、皆さんの言葉を纏めたにすぎません」

大田さんが遠ざかっていく。

「見てやってください！　皆さんがどんな思いで暮らしてたのか！　どんな気持ちであの町にいたのか！」

大田さんが振り向く。

「お前に……お前に何がわかる坊主！　見捨てられたやつらを支えてやれるのは、俺だけだ！　あいつらに居場所を作ってやれるのは、俺ただ一人だけ！　それだけだ！

あんなもので今更慰められたって！」

　胸ぐらを掴む腕は震え、怒りと悲しみが伝わってくる。

「あなたと目を見て話すのは、久しぶりですね。大田さん」

　僕は大田さんの手首を、ぐっと握り返す。すると、扉の向こうから声がする。

「俺たちだって、精一杯生きてるんだ！　舞台こさえて、お客さんに喜んでもらって、それで今の俺たちがいる！」

　大田さんの手が、若干緩む。

「大田さん、言いましたよね。舞台ってのは、裏方がいないと始まらない。役者に道を示してやれるのは、脚本家の書く言葉だけ」

「そうさ、だから俺は！　あいつらに寄り添ってやらなきゃいけねえんだ！」

「あれが、寄り添って守られるべき人間の言葉に聞こえますか？」

　顔を背けようとする大田さんの頬を掴み、僕の方へ向かせなおす。

「僕も、ツバサ先輩も、広瀬先生も藍原さんも佐久間くんも、あの町の人全員！　みんなとっくのとうに、前に進んでますよ。この舞台が、その証拠なんです」

「みんな、前に進もうと必死に生きてるんだ！　この舞台が、その証拠だ！」

舞台の声と僕の声が重なる。

「「それを『あんなもの』と言うな！」」

大田さんの手が、僕から離れる。力が抜け、膝から崩れ落ち、だらんと垂れさがった手のひらに、ぽつりぽつりと涙が落ちていく。

「わかってる……わかってる……」

僕は大田さんを立たせ、肩を支えた。

「さあ、見に行きましょう？」

大田さんが小さくうなずくのを確認すると、僕は扉を開けた。


万雷の喝采を一身に受け、光のシャワーを浴び続ける者がいる。

それは僕ではないし、まして君でもない、もっと別の人。

その人は、両手を高々と掲げるとこうべと共に振り下ろす。辺りには紙吹雪が舞い、観客全員が椅子から立ち上がって手を打っている。

最後列の席から眺めるその景色は、僕が夢にまで見た世界だった。

公演も終わり、舞台を片付けていると、大田さんがみんなの前にやってきた。

「お前ら……いろいろ押し付けて、すまなかった」

頭を下げる大田さんに、一同困惑するが、その中の一人が声を上げる。

「なら、一つ提案があるんですが」

大田さんが顔を上げる。佐久間くんが手を上げて立っていた。

「何だ？」

「これ、もう一回ここで舞台させてもらうってのは、できますかね。一回やってみたら、案外楽しくなっちゃって……」

頭の後ろを掻きながら、照れくさそうに言う佐久間くん。その様子に、一人また一人と笑顔が伝染していった。

「お前がそれを言うなよガキんちょ！」

「君はどこまでも、アレですね」

と、佐久間くんの周りには、思い思いに突っついてみたり佐久間くんの頭をわしゃわしゃと撫でてみたりする人が群がっていった。

「ああ、もちろん」

わいわいとやっているところで、僕は先輩の手を引いて、舞台袖から外に出た。

にこやかな表情で僕を見つめる先輩に、僕は改めて覚悟を決めた。

「僕、やっぱり人を説得するの向いてませんでした」

「何？　いきなり」

「そして、これからすることも、多分僕は向いてません」

僕は先輩の前に寄り、先輩の手を取る。その手の上に、そっと小さな化粧箱を置いた。

化粧箱の中には、指輪が入っていた。

「これは、そういうこと？」

「えっと……そういうことです」

二人で同時に笑いが噴き出す。

「言葉にしてくれなきゃ、わかんないんだけど」

僕は大きく深呼吸をした。そして先輩の前に膝をつき、手を伸ばしてこう言った。

「僕と一緒にいてください。ツバサさん」

先輩は化粧箱を握りしめ、僕の手を取る。

「喜んで」

その時だった。搬入口の扉が勢いよく開き、中から雪崩のように劇団のみんなが倒れてきた。

「……何、してるんですか？」

「えっと、イシキヤ。これはだな……」

「佐久間くんの発案でして……」

「ちょっと待ってくださいよ！　前にもこの流れしませんでした？」

僕は肩をわなわなと震わし、団子状になったみんなの元に歩いていく。

「佐久間くん、ちょっとお話ししようか。ね？」

僕が佐久間くんの顔の前でしゃがむと、彼は一目散に逃げ出した。

僕と佐久間くんとの追いかけっこが始まった。

先輩の隣に、大田さんが歩いてくる。

「やっぱ飽きないでしょ？　私の後輩は」

「そうだな。あの町に連れ込んだのは正解だった」

先輩は少し怒ったような顔をする。

「私に知らせなかったの、まだ許してませんからね」

「わかったよ。埋め合わせは必ずする」

「楽しみにしてます」

こうして、僕らの舞台は一旦の幕引きとなった。

シークエル

まだみえないもの

夏まっさかり。汗がべったりと皮膚に張り付き、日差しが痛いほどに快晴だ。

僕はというと、風鈴の音に耳を傾け、作業場の三人と縁側でだらけていた。

「暑い……依頼もないし、公演予定もないし……本格的にやることがない」

先生に続いて、藍原さんも口を開く。

「大田さんも帰ってきませんし……何しましょうか」

「やってるじゃないっすか」

佐久間くんの言葉に藍原さんが上体を起こす。

「何を?」

「『何もしない』を現在進行形で実行中」

先生がさらにぼやく。

「それじゃ意味ないんだよお。なんかこう、ビッグニュースはないのかよ」

「ないんですよねぇ、これが」

風鈴の音とセミの声だけが響く。真夏の昼下がり、本当にだらけ切った男四人の完成である。

「はいはい、スイカが切れましたよ」

ツバサさんが皿に大盛りになったスイカを持ってくる。先生たちは待ってましたと言わんばかりに、それに群がった。

「最近、一宮さんの様子、おかしくないですか？　何か呆けているというか」

「ん？　まあ、確かに。あ、それオレの！」

藍原さんと佐久間くんはスイカの取り合いをしながら、そんな話をしていた。僕はというと、縁側で一人寝そべっていた。

先生が声をかけてくる。

「おい、ニシキヤ。悩みがあるなら聞くぞ？　何があった」

僕は台所の方を見る。ツバサさんは、料理に夢中で、こっちに気づいていなさそうだった。

「……最近ツバサさんが出かけてるんです、一人で。聞こうとしても、はぐらかされるし……隠し事されてるみたいで」

「それは……心配だな。だがよニシニヤ。男ってのはどっしり構えて、なんでも受け止めなきゃならねえ瞬間ってのも、あるもんだぜ？　そんな萎れたきゅうりみたいになっても、なるようにしかならねえってもんよ」

「そういうもんですかね……」

僕は何度目かのため息を吐く。

「ほら、スイカ。ぬるくなるとおいしくなくなっちゃうよ？」

「ああ、ありがとう」

ツバサさんが前かがみになった時だった。ポケットから一冊のメモ帳のようなものが落ちた。その表紙には、『母子手帳』と書かれていた。

僕はゆっくりとツバサさんの方を向く。

「これは……そういうこと？」

「えっと……そういうこと」

僕は頭を抱え、ため息を吐く。先生もそれに気づき、僕の方を見つめていた。

「よ……」

「よ？」

「……よかったあああ」

僕は力が抜けて、その場にへたり込んでしまった。僕の隣で喜ぶ先生を見て、藍原さんも察してくれたらしい。佐久間くんは何が起こっているかわからずに、目を丸くしていた。

「おめでとうございます！」

「え？　何？　何すか！？」

「よおおし！　宴だお前たち！　全力で飲むぞ！」

「酒は任せてください！　一番いいの、持ってきますよ！」

僕のあずかり知らぬところで、いろんな物事が回っていく。ここは本当に、退屈しない町だ。

二〇一六年八月、いつもとちょっと違う日常が、始まろうとしていた。

〈著者紹介〉

桜木シン（さくらぎ しん）

東京都荒川区生まれ。

幼少から日本語の美しさに魅了される。

多くの事柄に興味を抱き、地球史・人類史・神話を独学で追い求める。

その後声優を志すが、舞台脚本を担当したことで日本語の美しさに再度魅了され、作家の道を選ぶ。

現役大学生。

Live on Stage!

2024年9月20日　第1刷発行

著　者　　桜木シン
発行人　　久保田貴幸

発行元　　株式会社 幻冬舎メディアコンサルティング
〒151-0051　東京都渋谷区千駄ヶ谷4-9-7
電話　03-5411-6440（編集）

発売元　　株式会社 幻冬舎
〒151-0051　東京都渋谷区千駄ヶ谷4-9-7
電話　03-5411-6222（営業）

印刷・製本　中央精版印刷株式会社
装　丁　　立石愛

検印廃止

Printed in Japan
ISBN 978-4-344-69171-1 C0093
幻冬舎メディアコンサルティングＨＰ
https://www.gentosha-mc.com/